... J'AIMERAIS...
... CONNAÎTRE LA VÉRITÉ...
OUI.
The Gentlemen's Alliance Cross 3 × FIN

AUJOURD'HUI...
... SI CE N'EST PAS POSSIBLE...
... UN JOUR, COMME PAR MIRACLE, TU LA REVERRAS.
UN JOUR, TU LA RETROUVERAS COMME S'IL NE S'ÉTAIT RIEN PASSÉ.
J'EN SUIS SÛR.
OUI...
À CE MOMENT-LÀ...
... MÊME SI JE DOIS SOUFFRIR...

HAAH ハァ
HAAH ハァ
HAAH ハァ

À MOINS QU'ON N'ARRIVE PAS À SE VOIR...
... PARCE QU'ON EST TROP PRÈS ?
VROOM
HAINE !
LÀ-BAS !

Special thanks

AI . MINASE
KAYORU . ASANO
SAORI . HINANO
NAKAME
KYAKYA . ASANO
NIKI . SEISOU

AIRI . TEITO
MIWA . SAWAKAMI
KANAN . KISEKI

HINA . MASIRO
SAKURA . ARIKAWA
YASUKO . HATTORI

✿ L'équipe éditoriale de Ribon de la Shueisha

✿ Société Ammonite

RIKU & KAI

ALLONS-Y !

ELLE M'A DIT QU'ELLE AIMAIT...
... ME VOIR DANSER.
ET...
... JE N'Y ARRIVE TOUJOURS PAS.
MAIS...
... TU AS ENVIE DE LA VOIR, N'EST-CE PAS ?

TACHIBANA.
JE NE PEUX...
... PAS.
JE NE PEUX PAS LA VOIR.
DÉSOLÉE.
JE NE SAIS PAS...
... COMMENT ME COMPORTER QUAND JE LA REVERRAI.
QUE VA PENSER...
... MAMAN ?
JE NE REÇOIS PLUS DE LETTRES.

PAPA VIENT DE LUI TÉLÉPHONER.
ELLE DOIT REPARTIR AUJOURD'HUI, AVANT NOUS.

Vi...
TACHIBANA ! TU ES VENU ME DIRE AU REVOIR ?
VITE ! LA... VOITURE... VA PARTIR !
HAAH...
LA VOITURE ?
TACHIBANA ! TU NE DOIS PAS LE DIRE !!
MAMAN EST LÀ...
EN VERITE... ...JE SUIS VENU...
...AVEC MAMAN À LA VILLA !!

AU REVOIR.
MERCI BEAUCOUP !
HE !
C'était chouette.
FINALEMENT, ON N'A ABORDÉ QUE LA MOITIÉ DES SUJETS.
ARRÊTEZ !!
Vous êtes vraiment...
GRANDE SOEUR !!

HEIN ?
C'est... C'est la première fois que tu m'appelles "grande sœur"...
KUSAME...
ÉMUE...
IL CREUSE SA TOMBE.
TU ES JALOUX. C'EST TROGNON !
TU ES PUÉRIL.
MOI, J'AIME MA GRANDE SOEUR MÊME SI ELLE N'EST PAS QU'À MOI.
LA FERME !!
Zut !
BOBOM
BOBOM
...
BOBOM

... GRANDE SOEUR...
... À MOiiiii !!!

JE VEUX AUSSI ALLER FAIRE LES COURSES AVEC TOI !
ぎゅっ
TAC
TACHIBANA !
わーい
Ouais
ぶちっ
CRAC
ATTENDEZ !!
ダーッ
TAP
HAINE EST...
... MA...

IL NE M'A PAS DIT CLAIREMENT TON PRÉNOM
MAIS IL A DIT QU'IL ÉTAIT AMOUREUX D'UNE FILLE JOYEUSE, QUI A LA PÊCHE ET QUI EST SOUVENT AVEC LUI !!
MAIS...
... KUSAME EST...
IL EST TOUJOURS AVEC TOI À L'ACADÉMIE, NON ?
IL NE T'AIME PAS COMME UNE SOEUR, MAIS EN TANT QUE FEMME...
IL T'AIME VRAIMENT.
OH ! SERAIS-TU JALOUSE DE MOI ?
NE T'INQUIÈTE PAS POUR ÇA ! ON EST FRÈRE ET SOEUR !!
CE N'EST PAS UN PROBLÈME !! T'AS PAS DE SOUCI À TE FAIRE !!
MAIS CES DERNIERS TEMPS, IL EST UN PEU DISTANT...
ELLE NE COMPREND RIEN !!
AAAAAH !
あ
CE N'EST PAS ÇA, HAINÉ !!
C'EST AUSSI ÇA QUI ME PLAIT CHEZ TOI, MAIS...
POURQUOI TU N'ARRIVES PAS À DEVINER LES SENTIMENTS CACHÉS !?
GRANDE SOEUR !

AAAAH !!
OUI !! C'EST BON !!
Yes
?
KUSAME M'A DIT QU'IL ÉTAIT AMOUREUX DE TOI !!

SERAIS-TU...
... AMOUREUSE DE KUSAME ?
Hun
HEIN ?
C'est la vérité. Et après ?
LOVE
QUOI !?
JE SUIS AU COURANT.
KUSAME T'AIME, GRANDE SOEUR.
D'AILLEURS, L'AMOUREUSE DE KUSAME...
... est censée être ici...
Hmm

AU FAIT...
... KOMAKI...
... TU T'ENTENDS BIEN AVEC KUSAME ?
HEIN ?
TU ES LA PRÉSIDENTE ET LUI, LE VICE-PRÉSIDENT DU CONSEIL DES ÉLÈVES DU COLLÈGE, NON ?
En courses
KUSAME NE M'AVAIT JAMAIS PARLÉ DE TOI !
Grr !
JE LE SAVAIS ! J'AVAIS UN MAUVAIS PRESSENTIMENT !
Je n'aimais pas l'idée que Komaki et Hainé soient soeurs.
Il voulait faire des courses avec Hainé. Mais il ne peut pas l'approcher car Komaki est là.
AH... C'EST PARCE QUE...
... KUSAME...
... NE M'APPRÉCIE PAS...

EUH...
OUI...
GRANDE SOEUR !
EN VERITE, JE...
TACHIBANA !!
SILENCE
し——ん
...
GRANDE SOEUR !!
VOICI MON APPAREIL PHOTO !
...?

GRANDE SOEUR... LA PREMIÈRE FOIS QUE JE T'AI VUE...
... J'AI CRU QUE TU ÉTAIS MAMAN.
MAIS TU LUI RESSEMBLAIS TELLEMENT.
C'ÉTAIT PLUS FORT QUE MOI.
J'AI DEMANDÉ AU CHAUFFEUR D'ARRÊTER LA VOITURE ET JE T'AI SUIVIE.
J'AI TOUT DE SUITE COMPRIS QUE TU ÉTAIS QUELQU'UN D'AUTRE.
JE VOULAIS ENTENDRE TA VOIX.
JE SUIS DÉSOLÉ...
... DE T'AVOIR DIT AUTANT DE MÉCHANCETÉS !!
TAC
Ha Ha
CE N'EST PAS GRAVE.
Maintenant.
C'est moi qui ai brûlé les feux d'artifice.
Je n'en avais jamais vu et...
Si on en tirait, ce soir ?
Je vois.
ET...
... MAMAN VA BIEN ?

Salutations.

✿ Voici un sujet d'actualité.

Si vous achetez le magazine Ribon de janvier, il y a en cadeau une écharpe de The Gentlemen's Alliance Cross !! (C'est impressionnant ! C'est en polaire !)

✿ Maguri sera en couverture du volume 4. Il y a un peu d'ambition dans ce tome.

Désolée d'être fatiguée.

EN FAIT…
… TU AS FAIT ÇA…
… POUR MOI ?
どーーん
DOOM
C'EST FINI. ♡

KOMAKI A TELLEMENT INSISTÉ POUR QUE JE JOUE LE JEU...
J'AI ACCEPTÉ DE L'AIDER SANS PENSER À CE QUE TU POURRAIS RESSENTIR.
MA PRIORITÉ ÉTAIT QUE TU NE RENCONTRES PAS M. KAZUHITO...
くすくすくすくす
HIHIHIHIHIHIHIHIHI
くすくす
QUOI ?
JE T'AIME.
JE SAIS.

JE VOUS L'AI DIT !
LES FIANÇAILLES AVEC KOMAKI ÉTAIENT UN MENSONGE.
IL N'EST PAS ENCORE TROP TARD !
VAS-Y ET DEVIENS ENFIN UN HOMME !!
LE MENSONGE PEUT DEVENIR RÉALITÉ À FORCE DE PERSÉVÉRANCE.
Aujourd'hui, c'est baignade.
ROUGE
PUISQUE JE VOUS DIS QUE...
MOI, JE TE COMPRENDS, SHIZUN !!
Du balai !
MAGURI...
FUITE
GRRR
IL M'ÉVITE CES DERNIERS TEMPS, NON !?
HEIN ?
Je crois que ce n'est pas tout à fait ça.
Euh...
C'EST SI RARE QU'IL SOURIE, ÇA M'A BOULEVERSÉ !
Je saigne du nez.

CELA FAIT...
... SI LONGTEMPS !!
JE SAIS.
MOI AUSSI...
... JE VOULAIS TE REVOIR...
... KOMAKI.

GRANDE SOEUR !!
GRANDE SOEUR !
CELA FAIT...
... SI LONGTEMPS QUE JE VOULAIS TE REVOIR !!
JE SAIS.

...
"PARDON, GRANDE SOEUR !"
TU ES BÊTE...
ふ FFF
QUOI QU'IL ARRIVE...
... JE NE POURRAI JAMAIS TE DÉTESTER, KOMAKI.
TU ES MA PRÉCIEUSE PETITE SOEUR.

JE NE LE LAISSERAI PAS FAIRE !
JE VOULAIS QUE TU VIVES TRANQUILLEMENT, GRANDE SOEUR.
MIEUX VAUT QUE TU OUBLIES PAPA ET LES KAMIYA.
ALORS, TES FIANÇAILLES AVEC SHIZUMASA...!?
C'ÉTAIT UN MENSONGE.
PFT
ぷん!
OH
まー
J'AI JOUÉ LES PESTES POUR QUE TU ME DÉTESTES...
... ET QUE TU N'AIES PAS ENVIE DE REVENIR À LA MAISON.
J'AVAIS DEMANDÉ À SHIZUMASA...
... DE JOUER LE JEU.

!!
ME FAIRE REVENIR...
... CHEZ LES KAMIYA !?
MOi !?
LORS DE L'AS-SEMBLÉE DES EMPE-REURS...
... iL A ENTENDU DiRE QUE L'EMPEREUR ACTUEL T'APPRÉCiAIT BEAUCOUP.
PAPA A TOUJOURS VOULU TiSSER DES LiENS AVEC LA FAMiLLE TÔGÛ.
iL COMPTE DE NOUVEAU T'iNSTRUMEN-TALiSER !!

SPLASH
KOMAKI...
SPLASH
EN RÉALITÉ, C'EST TOI QUI AS ÉTÉ CHOISIE...
... POUR ÊTRE LA FIANCÉE DE SHIZUMASA.
COMMENT !?
MOI !?
Elle est contente.
PAPA...
... A L'INTENTION DE TE FAIRE REVENIR À LA MAISON !!

Chapitre 14
Ce n'est rien, juste un miracle

Le teaser C'est une mariée ☆ qui ne craint personne !

← Je vous l'ai peut-être déjà dit.

En fait, en ce moment, dans *The Gentlemen's Alliance Cross*,
je me suis lancée dans une campagne "Je dessine ce qui n'est pas mon fort".
Par exemple, je ne voulais pas de frisettes comme dans les vieux mangas
pour les cheveux noirs permanentés de Komaki.
J'ai opté pour de légères ondulations et je trouve que ça passe bien !
C'est pareil pour ses rubans. Je ne voulais pas de bouts des rubans qui ressemblent à des bandanas.
Mais si je lui avais mis des rubans ordinaires, cela aurait été trop proche de ceux de Maora.
Finalement, j'ai grossi ses rubans et ça passe bien !!

Il y a aussi les cheveux blonds. Je n'avais pas assez confiance en moi pour colorier les cheveux en blond.
Mais, parmi les cinq personnages principaux, quatre ont des cheveux blancs (mes planches sont monochromes).
Alors, je m'y suis mise. Même si je n'y arrive pas toujours très bien, j'ai moins de réticences.
Le problème est résolu !

Il y a plein d'autres choses. Arina fait des efforts.
Je ne veux plus avoir de points faibles en dessin ! Ouais !

the Gentlemen's Alliance Cross
Chapitre 14 × CE N'EST RIEN, JUSTE UN MIRACLE

KOMAKI ?
HEIN ?
はっ
Je ne suis pas fâchée.
GRAN...
GRANDE SOEUR...
...
PARDON...
... GRANDE SOEUR !
KOMAKI !!
Chapitre 13 × FIN

TACHiBANA !!
CLAC
JE T'iNTERDiS...
... DE PARLER AiNSi...
... À NOTRE GRANDE SOEUR !!

PUISQUE JE TE DIS QUE CE N'EST PAS MOI !!
Oh
Comment faire ?
C'EST BON ! J'AI COMPRIS CE QUE TU M'AS DIT !
MAIS TU AS ENVIE DE FAIRE DES FEUX D'ARTIFICE, NON ?
Tu les regardais.
Sale mioche
EN FAIT...
... ÇA TE FAIT PLAISIR D'HUMILIER UN ENFANT ? TU VEUX PROUVER TA SUPÉRIORITÉ EN ME DONNANT DES LEÇONS ?
VOILÀ POURQUOI JE N'AIME PAS LES GENS DU PEUPLE ! ILS MANQUENT DE POLITESSE !
CE N'EST PAS BIEN DE DIRE ÇA, TACHIBANA.
NE SOIS PAS AUSSI FAMILIÈRE AVEC MOI !!
D'ABORD...
TAC
... UNE PERSONNE COMME TOI N'A...

POURQUOI !? JE VEUX ABSOLUMENT...
ALORS, TU N'AS PLUS BESOIN DE FAIRE TOUT ÇA.
SHIZUMASA...
JE ME CHARGE DE PROTÉGER HAINE.
SHIZUMASA !! KOMAKI !!
IL Y A UN PROBLÈME AVEC HAINE ET TACHIBANA !!
!?
JE NE SUIS PAS LE COUPABLE !!
J'AI COMPRIS. JE M'EXCUSE...
SI TU M'AVAIS DIT QUE TU EN VOULAIS, JE T'AURAIS DONNÉ DES FEUX D'ARTIFICE.

HMM
Pétards serpents
VIIIIM
CLING
CE NE SERAIT PAS TOI QUI AURAIS BRÛLÉ...
... LES FEUX D'ARTIFICE, TACHIBANA ?
SHIZUMASA !
TU VEUX BIEN SORTIR AVEC MOI, AUJOURD'HUI ?
SI ON A UN PEU DE TEMPS, ON POURRA ALLER SE BALADER TOUS LES DEUX !!
KOMAKI.
CE N'EST PLUS LA PEINE DE TE FORCER.

PFFT ! LE LINGE EST TERMINÉ !
BOUM
ぼっ
ROUGE
ばばばばっ
Ouh
うー
ぽんっ
POM
SHIZUMASA...
POURQUOI A-T-IL FAIT UNE CHOSE PAREILLE ?
JE N'AI PAS BEAUCOUP DORMI HIER SOIR...
Hmm
じー
TIENS ! C'EST TACHIBANA.

...
JE L'AIME...
... DE PLUS EN PLUS.
ON NE PEUT PAS DIRE QUE...
... RIEN N'A CHANGE.

"NE TE SURES-TIME PAS."
!
?
SHIZUMASA ?
DÉSOLÉ...
ON FERAIT MIEUX DE RENTRER.

BIEN SÛR
QUE NON.
TAC
AH...
SHIZUMASA...
BOBOM
BOBOM
BOBOM
ドキン
ドキン
ドキン

... AVEC MOi.
きゅっ
CRR
JE...
JE PEUX...
... TE POSER UNE QUESTION ?
Hein ?
TU...
... ME...
... DÉTESTES TOUJOURS ?

OUI...
SHIZU-
MASA...
... EST DEVENU GENTIL.
RIEN N'A CHANGE DEPUIS MA DÉCLARATION D'AMOUR ?
SI...
SHIZUMASA EST DEVENU GENTIL...

LES MEMBRES DU CONSEIL DES ÉLÈVES TRAVAILLENT SURTOUT DANS LES COULISSES LORS DE LA FÊTE DE L'ÉCOLE.
MAIS ILS SONT LES HÉROS DU BAL DE LA FÊTE.
TOUT LE MONDE AURA LES YEUX RIVÉS...
... SUR L'EMPEREUR ET LA PLATINE.
VOULEZ-VOUS M'ACCORDER CETTE DANSE...
... PRINCESSE ?

C'EST QUAND TU AS QUITTÉ LA MAISON DES KAMIYA.
JE SUIS DÉSOLÉ.
OH ! CE N'EST RIEN !! NE T'EN FAIS PAS !!
JE N'ÉTAIS DOUÉE POUR RIEN !! J'ÉTAIS NULLE !!
ON ME DISAIT DE FAIRE CECI, DE FAIRE CELA...
MAIS...
POUR ÊTRE FRANCHE, ÇA ME GONFLAIT.
MAIS...
J'AIMAIS...
... LA DANSE CLASSIQUE.

MAIS JE SUIS CONTENTE.
TU AS APPRIS ...
... LA DANSE CLAS-SIQUE ?
OUI. JUSTE UN PEU.
... QUAND J'ÉTAIS EN CM1.
MAIS J'AI TOUT ARRÊTÉ...
TU AS SUIVI...
... D'AUTRES COURS ?
OUI. DES LECONS DE THÉ, D'ART FLORAL, DE KOTO...
... DE PIANO, DE CALLIGRAPHIE ET DE BRODERIE.
Euh...
AH OUI ?
CA DOIT ÊTRE QUELQUE CHOSE...

HEIN !?
C'ÉTAIT DE LA DANSE CLASSIQUE !?
J'avais tellement envie de voir Shizumasa. Mais je n'arrive pas à le distinguer à cause de mes larmes.
C'ÉTAIT PLUTÔT BIEN !!
ほみん ほみん ほみーん
WOIN WOIN WOIN
JE CROYAIS QUE TU DORMAIS DÉJÀ.
SPLASH
JE VOULAIS T'INFORMER QUE JE NE DORMAIS PAS DANS LA MÊME CHAMBRE QUE KOMAKI.
JE TE CHERCHAIS. CAR J'AI L'IMPRESSION QUE ÇA TE PERTURBE.
HEIN ?
ドキーン
BOBOM
SI JE NE TE L'AVAIS PAS DIT, CELA AURAIT FAIT TROP D'HISTOIRES.
ぽかぽか
POM POM
あはは
HA HA
もーっ
GRRR

HAINE !!
TAC
ぱし
EST-CE QUE ÇA VA ?
IMPOS-SIBLE !?
C'EST SHIZUMASA !?
TU CHANCELAIS...
TU AS MAL QUELQUE PART ?

"C'EST TRÈS BIEN."
"ALORS, TU AS OBTENU UN RÔLE POUR LA REPRÉSENTATION ?"
"C'EST-À-DIRE QUE..."
"JE VOIS... ON FERA MIEUX, LA PROCHAINE FOIS."
"J'ADORE TE VOIR DANSER, HAINE."
"C'EST SI MIGNON ET SI JOYEUX."
"CELA ME DONNE ENVIE DE DANSER AVEC TOI."
MAMAN ...

J'ENVIE...
...TACHIBANA.
IL VIT AUPRÈS DE MAMAN.
C'EST INCROYABLE !
QUELLE PLAGE IMMENSE !
C'EST TELLEMENT VASTE QUE ÇA ME DONNE ENVIE DE DANSER.
SAURAIS-JE...
...ENCORE FAIRE DE LA DANSE CLASSIQUE ?
"MAMAN ! AUJOURD'HUI J'AI RÉUSSI À FAIRE UNE PIROUETTE POUR LA PREMIÈRE FOIS !"

PERSONNE NE PEUT AIMER SHIZUMASA...
... PLUS QUE MOI !
TU FERAIS MIEUX DE RETOURNER DANS TA VILLA...
... TACHIBANA.
LA VILLA DES KAMIYA...
UNE PARTIE DE L'HISTOIRE DES KAMIYA A ÉTÉ ÉCRITE SANS MOI.

NE TE LAISSE PAS ABATTRE, HAINE !
CONSIDÈRE "FUTILE" ET "SIMPLISTE" DE FAÇON POSITIVE.
AH
はっ
QUE DONNENT "FUTILE" ET "SIMPLISTE" SOUS UN ANGLE POSITIF ?
Deux mots en même temps, c'est compliqué !
EN REVANCHE, GRANDE SOEUR KOMAKI EST BELLE ET INTELLIGENTE !!
ELLE EST VRAIMENT FAITE POUR ÊTRE PLATINE !!
AUTRE-MENT DIT, TU ME DEMANDES DE ME RETIRER.
AS-TU SEULEMENT UNE CHANCE DE GAGNER ?
Hmm

Que fais-tu ici ?
Tout seul
En pleine nuit
Ce n'est que toi...
Ouf
Il a cru que c'était Komaki.
Que fais-tu dans un endroit pareil ?
Tu es perdu ?
Un fils de bonne famille ne devrait pas traîner seul.
Ne me considère pas comme un enfant ordinaire !
Et arrête d'être aussi familière avec moi ! C'est déplacé !
Hein ?
Mais toi et moi, on est...
Bah, oui.
Tu sais bien !!
De quoi parles-tu ?
Je vois... Tachibana ignore que je suis sa grande soeur !
Dois-je le lui dire ?
Tu es vraiment...
... une personne futile et simpliste.

EN RÉALITÉ, J'AI JUSTE PEUR.
J'AI PEUR DE DEMANDER PLUS, D'EN VOULOIR PLUS...
... ET QUE SHIZUMASA...
JE NE ME CROYAIS PAS AUSSI CRAINTIVE.
...FINISSE PAR ME REJETER.
FAITES VENIR LA VOITURE. J'AT-TENDS.
TIENS !
TACHIBANA !!
BOBOM

どきーーんっ
BOBOM
C'EST TOI, MAGURI ?
QUE FAIS-TU, ICI ?
Il est allé acheter des feux d'artifice car il n'avait rien à faire.
あっ
EUH
Quoi ?
あっ あっ
EUH EUH
あっ あっ
EUH
ぱっ!!
TAP
JE FAIS DES CHOSES QUE TU IGNORES, SHIZUN !!
Alors, inutile de me poser la question !
ぱっ!!
TAP
DIRE QUE MA POSITION ME SUFFIT AMPLEMENT...
... EST FAUX.

HMM
IL Y A ENCORE DE LA LUMIÈRE DANS LEUR CHAMBRE...
... AGENT OTOMIYA !
IL RESTE ENCORE UNE HEURE ET DIX MINUTES AVANT L'EXTINCTION DES FEUX !
IL Y A DU RÉSEAU POUR LE TÉLÉPHONE PORTABLE.
Tu m'écoutes ?
Le capitaine
DONC
HORS DE QUESTION DE LAISSER DORMIR CES DEUX-LÀ !!
Ouais !
JE...
... PRÉFÈRE ARRÊTER.
HEIN !?
MA POSITION ACTUELLE ME SUFFIT AMPLEMENT !!
Quoi !?
HEIN !?
DÉSOLÉE, MAGURI !!

Ce qui me plaît

✿ Le "torinabe" (fondue de poulet) de chez Family Mart. (C'est délicieux !! J'en mange en mettant plein de piment.) Ces temps-ci, j'en mange une fois par jour.

✿ Berry Kobo
C'est génial. Je suis carrément accro. J'aimerais aller à leur concert. (Comme j'ai oublié de payer les frais d'adhésion au fan-club, je n'ai pas de tickets de concert...)

✿ Le magazine Margaret (bimensuel)
En ce moment, j'en suis dingue. ♡ Où s'arrête mon amour pour Shueisha ? ♡ ♡
J'aime particulièrement Tsuki no shippo et Parfait-tic ! ♡ (Même si j'aime toutes les séries. Je collectionne plein de séries.) ♡

↑ Jusqu'à présent, je demandais qu'on m'envoie les mangas de Margaret chez moi. Récemment, j'ai insisté pour qu'on me les envoie à mon atelier. (Il n'est pas en vente au conbini du coin.)

À MOINS QU'ELLE NE SOIT FÂCHÉE CONTRE MOI ?
KOMAKI...
...
しーん…
SILENCE
JE NE SAIS PAS CE QUE TU AS EN TÊTE... MAIS ÇA SUFFIT !
CELA NE TE REGARDE PAS, KUSAME.
DANS CE CAS, NE ME FAIS PAS VENIR ICI POUR ME DEMANDER DES NOUVELLES DE HAINE !
きゃあ
GRAO
J'ALLAIS PRENDRE UN BAIN !!
きゃあ
GRAO
JE NE VEUX PAS QU'ELLE PERTURBE MA NUIT AVEC SHIZUMASA !
ES-TU VRAIMENT AMOUREUSE DE L'EMPEREUR !?
OUI ! JE L'AIME !!
む
Grrr

Histoire de jeux 2

Désolée pour ceux que ça n'intéresse pas.

❀ Project Zero 3, The Tormented

C'est de l'action horreur (?) de style japonais. Dans le Project Zero 2 "Crimson Butterfly", je n'ai pas réussi à tuer Rasubosu. Je n'arrivais vraiment pas à le faire et je me suis arrêtée...

Mais "Project Zero 3, The Tormented" est plus facile à jouer. C'est peut-être simplement que je suis plus habituée. Et on a réussi à terminer !! Asano l'a fait. Moi, je n'ai fait que regarder. Attention : je vais essayer de ne pas dévoiler l'histoire, mais ceux qui ne veulent rien savoir ne doivent pas lire ce qui suit.

Cette fois, on peut revenir assez facilement dans le monde réel, alors c'est bien qu'il y ait des moments de répit. Mais voir le rêve envahir peu à peu la réalité est vraiment stressant. Cependant, la mise en scène était très bien ! C'est terrifiant et amusant !

Le générique de fin est génial !! (J'en ai profité en allant 10 fois à la galerie). Encore aujourd'hui, quand je vois ça, j'en pleure ! Dans le générique de fin, la voix de Tsukiko Amano colle parfaitement avec ED "la voix" et l'émotion est à son comble ! Je l'aime car à chaque fois que je l'écoute, j'ai la sensation que quelque chose s'écoule de mon cœur !!

Je conseille aussi ce morceau à ceux qui n'ont pas fait le jeu ! ("Crimson Butterfly" aussi.) ♡

Je vous conseille également la musique de Legend, c'est un album... Mais je vous le conseille vraiment !

RÉUNION DE PRÉPARATION DE LA FÊTE DE L'ÉCOLE
OUI !
JE PROPOSE QUE LES COLLÉGIENS ET LES LYCÉENS DE L'ACADÉMIE JOUENT UNE PIÈCE DE THÉÂTRE COMMUNE !
SILENCE
Les membres organisateurs de la fête
HM ?
Qu'y a-t-il ?
...
ON N'A PAS LE TEMPS.
REMPLI
CALENDRIER
LE TIRAGE AU SORT POUR AVOIR LE DROIT D'UTILISER LA SCÈNE A ÉTÉ FAIT AVANT LES VACANCES D'ÉTÉ.
C'EST UN ABUS D'AUTORITÉ.
Il me semble.
SHIZUN ET MOI, ON VA INTERPRÉTER ROMÉO ET JULIETTE !
PIC
PIC
PIC
PIC

SHIZUMASA. ♡
GRAND SOURIRE
VOUS AVEZ VU CETTE FILLE ...
... ALORS QU'ON S'INQUIÈTE TOUS POUR HAINE !?
VA PLUTÔT CHERCHER DE L'EAU, MAGURI !
Maguri ! La glace !
Tu t'y mets, Ushio ?
...

N'EST-CE PAS...
... SHIZUMASA ?
CRAC
Théière
ÇA BRÛÛÛLE !!
HAINE !!
Hmm
TAC
Fais attention.
Ça va, Platine ?
Il faut mettre de l'eau (froide).
Vraiment...
CELLE-LÀ, ALORS...
TIP

Chapitre 13
Mer, danse classique et amour factice

Le teaser

Souhait de la grande soeur : "Essayez de bien vous entendre avec tout le monde."♡

J'aime globalement ce chapitre.
Il a plu. Je trouve que les coiffures et les vêtements de Hainé étaient bien, non ?
En dessinant le story-board, je me dis que le faux Shizumasa rit beaucoup plus qu'avant.
C'est une bonne chose.

Cela n'a rien à voir, mais j'adore les pétards serpents.
Quand je les regarde brûler,
je ne peux m'empêcher de sourire
avec un regard perdu dans le vague.
J'ai aussi bien aimé dessiner, plus exactement,
coller les trames de la mer.
Ça fait vraiment "mer".

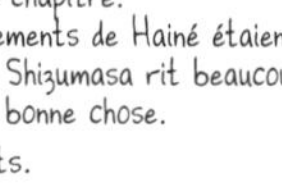

Caractère sombre

Ces derniers temps, je n'ai rien à écrire,
surtout quand j'ai dessiné un chapitre bien expressif.
C'est toujours comme ça pour The Gentlemen's Alliance Cross.
Après avoir rendu mes planches, je reste sans rien faire.
Je me suis consumée...

the Gentlemen's Alliance Cross
Chapitre 13 × MER, DANSE CLASSIQUE
ET AMOUR FACTICE

ぱんぱかぷぁ～ん
TADAAAN.
VOICI LA NAISSANCE...
... DU DUO DE CHOC !!
HEIN !?
Bla きゃーの きゃーの Bla
KOMAKI.
TA SOEUR TE PRÉOCCUPE ?
OH !
TU PLAISANTES ?
JE DÉTESTE...
... CETTE PERSONNE.
Chapitre 12 × FIN

TA PETITE SOEUR !?
OUI. C'EST MA PETITE SOEUR.
Eh oui.
Tu pourrais m'aider.
ALORS, LE PETIT EFFRONTE EST TON FRÈRE ?
PROBABLE-MENT. C'EST LA PREMIÈRE FOIS QUE JE LE VOIS.
TU IGNORAIS QUE TA SOEUR ÉTAIT AU COLLÈGE ?
T'es toujours aussi bête.
JE SAVAIS QU'ELLE Y ÉTAIT. MAIS JE L'ÉVITAIS CAR J'ÉTAIS MAL À L'AISE.
JE N'IMAGINAIS PAS QU'ELLE DEVIENDRAIT PRÉSIDENTE DES ÉLÈVES.
Kusame ne m'avait jamais parlé d'elle.
SHIZUMASA...
IL A DÉJÀ UNE FIANCÉE.
JE L'IGNORAIS.
PAS ÉTONNANT QU'ON NE M'AIT PAS INFORMÉE...
... JE NE SUIS QUE SA FAUSSE PETITE AMIE.
C'EST DUR D'ÊTRE UNE FAUSSE PETITE AMIE, MAGURI.
ARGH !!
ビクッ
La grue
Hiii !!
SI TU DÉPRIMES, TU AURAS PERDU !
TROUVONS UN MOYEN DE ROMPRE LEURS FIANÇAIL-LES !!
!

Histoire de jeux

✿ Tales of Legendia

J'avais envie de jouer au RPG.
J'ai donc acheté
Tales of Legendia
dont tout le monde parle.

☆ C'est très amusant ☆

C'est mon préféré
parmi la série des Tales.
(Mais je préfère la mise
en scène des combats
de Tales of Symphonia.)

Je n'ai pas encore terminé le jeu.
(Saori a effacé mes données
du character quest de Chloé...)

Je trouve que le scénario
des character quest est très bon.
C'est écrit en profondeur.
C'en est étonnant. C'est appréciable.

J'aime particulièrement les personnages
de Cholé, de Jay et de Grune.
(Même si j'aime
tous les personnages.)

Lors des character quest,
j'ai moi-même l'impression
de vivre dans leur univers.

J'ai acheté la bande-son du jeu.
C'est rare.
J'écoute la musique principalement
quand je travaille.
Mais les morceaux sans paroles
me donnent envie de dormir.
Alors, en général,
je n'écoute pas
de musique instrumentale.
(Mais j'ai la B.O.
de Final Fantasy X, ICO et .hack//
♡ car je les adore.)

J'avais entendu dire que la musique
de Tales of Legendia
était super.
Mais je n'imaginais pas
que c'était à ce point. ♡♡♡

J'adore "Chasing Shirley". ♡

♡ Je vous le conseille.

Et aussi "A firefly's light"
(Y a des paroles)
et "The bird chrips, I sing".
(Y a aussi des paroles.) ♡

Je vous conseille
Tales of Legendia !!
C'est un bon RPG !!

DES FIANCÉS ?
KOMAKI.
PARLONS DE CELA PLUS TARD.
TRÈS BIEN.
ALLONS DANS LA CHAMBRE.
DANS LA CHAMBRE !?
NON !?
Ce n'est pas possible !
EXACTEMENT !
NOTRE CHAMBRE À SHIZUMASA ET MOI.
ALLONS-Y, SHIZU-MASA !!
AH...

OUH
OUH
OUH
AH...
QU'EST-CE QUI VOUS PREND ?
Maguri aussi ?
QUEL MAL Y A-T-IL...
... À CE QUE DES FIANCÉS S'ENLACENT !?
Aïe
Quoi ?

KO...
KO-MAKI !?
SS すっ
SHIZUMASA TÔGÛ !
HM んん?
J'AVAIS TELLEMENT ENVIE DE TE RENCONTRER !!
TAC きゅ♡
KOMAKI EST TROP RAVIE !!
Hiiii !!
BAS LES PATTES !! BAS LES PATTES !!
AAAGH AAAGH わわ
C'EST DÉGOÛTANT !! DÉGOÛTANT !!
Hiii きゃ
VOM
VOM VOM
VOM

COMMENT OSES-TU PARTIR AVANT MOI ET ME DEVANCER ?
Vraiment.
JE SUIS DÉSOLÉE, EMPEREUR. IL Y AVAIT DES EMBOUTEILLAGES.
NOUS ÉTIONS CENSÉS VENIR VOUS CHERCHER.
Oh ! Hainé !
Que se passe-t-il ?
"GRANDE SOEUR ?"
JE SUIS LA PRÉSIDENTE DES ÉLÈVES DU COLLÈGE...
... KOMAKI KAMIYA.

DOUBLE JEU.
INFIDÈLE.
NAGER ENTRE DEUX EAUX.
Il y a aussi le garçon de ce matin.
Incroyable...!
Oh !
L'ÉCOLIER AVEC CHAUFFEUR DE CE MATIN !
ENCHANTÉ, EMPEREUR.
JE SUIS VENU DANS MA VILLA POUR LES VACANCES D'ÉTÉ.
MA SOEUR SEMBLE ÊTRE ARRIVÉE. J'ÉTAIS VENU VOUS SALUER AVEC ELLE.
Hmm
INFI-DÈLE ?
JE SUIS TACHIBANA KAMIYA.
JE SUIS EN CP À L'ÉCOLE PRIMAIRE DE L'ACADÉMIE IMPÉRIALE.
Ah
BOBOM ドキ
HEIN ? "KAMIYA" !?
TACHIBANA !!

... "SI POSSIBLE" ?
Ça ne marche pas.
MAUVAISE RÉPONSE !
Ha Ha Ha Ha Ha Ha Ha Ha
ははははははは
TU N'ARRIVES VRAIMENT PAS À FAIRE DE BELLES CONCLUSIONS !!
TU N'ES PAS OBLIGÉ DE RIRE AUTANT !
HEIN ?
SHIZUMASA RIGOLE ?

... MIEUX VAUT PARLER DE SES PARTICULARITÉS...
... DE FAÇON À POSITIVER.
“DE FAÇON...
... À POSITIVER” !?
HEIN ?
LA SUITE ?
Euh Euh Euh

SOUVENT, LES DÉFAUTS ET LES QUALITÉS DÉSIGNENT LES MÊMES CHOSES. CE SONT JUSTE LES MOTS QUI DIFFÈRENT.
MA PARTICULARITE EST D'ÊTRE NATURELLE.
J'AIMERAIS CORRIGER ÇA, MAIS JE N'Y ARRIVE PAS.
USHIO A DIT QUE C'ÉTAIT UNE QUALITÉ.
ÇA M'A FAIT VRAIMENT PLAISIR.
ELLE M'A DIT QUE JE N'AVAIS PAS À CORRIGER ÇA, MAIS JUSTE À L'ADAPTER UN PEU.
CELA M'A SOULAGÉE DE PENSER AINSI.
DANS MON CAS...
... QUELQU'UN DE MALVEILLANT ME TROUVERA SIMPLISTE.
Hum Hum
QUELQU'UN DE BIENVEILLANT ME TROUVERA SINCÈRE.
DANS TON CAS, SHIZUMASA...
... QUELQU'UN DE MALVEILLANT TE TROUVERA TÊTU...
Quoi !?
QUELQU'UN DE BIENVEILLANT TE TROUVERA VOLONTAIRE.
SI ON PEUT CHOISIR NOUS-MÊMES...

MOI...
... NON PLUS...
... JE NE PEUX RIEN Y FAIRE...
C'EST SÛREMENT VRAI.
あ
AAAAH
JE SUIS SIMPLISTE.
JE FAIS DES CONCLUSIONS HÂTIVES ET JE N'ARRIVE PAS À VOIR LE SENS CACHÉ DES CHOSES...
MAIS USHIO TROUVE QUE MA SIMPLICITÉ EST UNE QUALITÉ.
ET ELLE DIT QUE ÇA FAIT PARTIE DE MON CHARME.

Shizumasa !
TU ÉTAIS ICI ?
J'ÉTAIS PARTI ME PROMENER.
IL N'EST PAS DOUÉ POUR S'AMUSER.
SI J'AVAIS SU QUE ÇA SE PASSERAIT AINSI, JE SERAIS VENU PLUS TARD.
L'IMPORTANT EST D'ÊTRE ICI MÊME SI TU NE VAS PAS T'AMUSER.
LA DAME DU RÉFECTOIRE M'A DIT : "AU DÉBUT, IL VAUT MIEUX QUE TOUT LE MONDE S'AMUSE ENSEMBLE POUR SE FAMILIARISER !!"
JE VOIS.
C'est comme ça.
...
はあ
Haah
JE SUIS PEUT-ÊTRE TROP RIGIDE.
JE N'AVAIS PAS VU LES CHOSES DE CETTE FAÇON.
JE SUIS NÉ COMME ÇA. JE NE PEUX RIEN Y FAIRE.
...

VOUS DEVREZ AUSSI TRAVAILLER...
YOUPI !
C'EST AINSI...
... QUE DÉBUTA LE SÉJOUR DE 5 JOURS ET 4 NUITS DE PRÉPARATION DE LA FÊTE DE L'ÉCOLE JUS TROPICAL D'ÉTÉ ☆ EXCITANT AU GOÛT BOUILLON VERT !!
DU COEUR !
DE L'ÉTÉ !
Réunion pour décider du nom du séjour
JOYEUX !
EXCITANT !
BOUILLON VERT !
JUS DE FRUITS !
Il fait chaud.
AH !

IL RESTE DEUX HEURES AVANT LA RÉUNION DES ÉLÈVES.
EN ATTENDANT, JE BOSSE.
Brouhaha
Brouhaha
C'EST BRUYANT DEHORS, NON ?
QUE SE PASSE-T-IL ?
Hein ?
C'est joli !
Oh ! C'est joli !
MADEMOISELLE HAINÉ !
C'EST AFFREUX ! LES FEUX D'ARTIFICE...
POURQUOI ?
TOUS NOS FEUX D'ARTIFICE ONT ÉTÉ BRÛLÉS !?
Tout noir
OH NON ! JE M'EN FAISAIS UNE TELLE JOIE !!
ATTENDEZ.
Il s'est changé.
POURQUOI Y A-T-IL DES FEUX D'ARTIFICE ?
ON VOULAIT EN FAIRE TOUS ENSEMBLE, LE SOIR.
SUIKA WARI* !
ON VA JOUER À SE FAIRE PEUR.
Je ne manque pas d'esprit.
ON A AUSSI DE QUOI FAIRE UN BARBECUE !
J'ADORE LA MER.
QUAND FERONS-NOUS LES RÉUNIONS DE PRÉPARATION POUR LA FÊTE DE L'ÉCOLE ? ON N'EST PAS LÀ POUR S'AMUSER !!
* LE "CASSE PASTÈQUE" EST UN JEU D'
OÙ ON ESSAIE DE CASSER UNE PASTÈ
LES YEUX BANDÉS AVEC UN BÂT

CLING
キラ
CLING
キラ
CLING
キラ
CLING
Si c'est toi, Shizun...
... Je veux bien !!
CLING
CLING
キラ
CLING
キラ
CLING
キラ
CLING
キラ
CLING
キラ
Hé ! Idiot !! T'es dans la même chambre que Maora !
Je suis seul dans ma chambre.
Quelle est cette tenue ?
C'est l'uniforme des employées !
La La ♥
Je ne pouvais pas travailler à l'académie pendant le séjour. Alors, ils m'ont proposé de travailler ici.
On a plein de temps ! Alors je vais bien travailler !
Mais j'aimerais aller une fois à la mer.
Oui.
Pendant ce temps, Maguri et Maora...
Snif Snif
Snif Snif
Idiot ! Idiot !
Imbécile !

CE N'EST PAS GRAVE. PRENONS LE TEMPS...
... POUR RÉDUIRE...
... LA DISTANCE ENTRE NOUS.
C'EST...
BRR BRR
C'EST...
OUIING
... LA RÉPARTITION DES CHAMBRES
CETTE IDIOTE DE HAINE EST AVEC USHIO !
Il est méchant
FFF
ALORS, JE SUIS OBLIGATOIREMENT AVEC SHIZUN !?
Température en hausse
NON, MAGURI !! QUE DEVIENT TA STRATÉGIE "JE SUIS FROID AVEC SHIZUN POUR QU'IL SE SENTE TRISTE" !?
TU NE DOIS PAS TE RETROUVER SEUL AVEC LUI !
En pleine confusion
ON NE SERA VRAIMENT QUE TOUS LES DEUX !?
JE PRENDRAI UNE PHOTO QUAND IL DORMIRA ET JE LA METTRAI EN ÉCRAN D'ACCUEIL SUR MON PORTABLE !!
Et à chaque fois que je la regarderai, ça me fera du bien.
SCÈNE D'AMOUR À L'AUBE !!
"Si ON PRENAIT UN BAIN ?"
"HÉ ! ÇA NE VA PAS ? QU'EST-CE QUI TE PREND !?"
"Hé !!"
Il n'est...
... pas doué...
... pour ranger !!
On ne peut plus l'arrêter.

OUI...
OUI !
JE VAIS BIEN !!
IL NE M'A RIEN DIT À PROPOS DE MA DÉCLARATION D'AMOUR.
ET JE SUIS TOUJOURS SA FAUSSE PETITE AMIE.

EMPEREUR !
BOBOBOBO
Coucou !
Le groupe du bus est arrivé !
D'AC-CORD.
ON VA FAIRE L'APPEL. VENEZ TOUS.
JE N'ARRIVE PAS À LE REGARDER EN FACE.
LA DERNIÈRE FOIS, QUAND JE ME SUIS RÉVEILLÉE, J'ÉTAIS À LA MAISON.
Deux heures du matin
Hm ?
Hm ?
Où suis-je ?
Tu es réveillée, Hainé ?
Ah
J'AURAIS VOULU LUI TÉLÉPHONER.
MAIS POUR NOTRE PREMIÈRE CONVERSATION APRÈS MA DÉCLARATION, JE PRÉFÈRE LUI PARLER DIRECTEMENT.
En plus, j'avais envie de le voir.
ÇA FAIT UN MOMENT QUE JE NE L'AVAIS PAS VU.
IL ME PARAÎT PLUS ADULTE.
TU VAS BIEN ?

VOICI LA PENSION OÙ NOUS ALLONS DORMIR POUR PRÉPARER LA FÊTE DE L'ÉCOLE !!
OH ! C'EST SUPER !!
J'ai sommeil.
LA MER EST JUSTE DERRIÈRE.
ON IRA NAGER ENSEM-BLE !!
waouh
OÙ... OÙ... OÙ EST SHIZU-MASA !?
Hmm...
NORMALEMENT, IL EST VENU AVANT NOUS EN VOITURE.
AH ! LE VOILÀ.
BOBOM
ドキン

Full moon, à la recherche de la pleine lune, live final

Petit 4

✿ En fait, j'étais tellement concentrée sur le fait de chanter que j'ai peu de souvenirs.

(Désolée.)

Je veux juste que ce soit différent de la version de Myco.
Alors, ça me ferait plaisir que vous écoutiez la chanson sans trop vous demander si c'est bien chanté ou pas.

(Ma version est un bonus. C'est de la variété.)

Il y a également "Changing my life" qui a été utilisé dans *Full moon*, et, aussi une plage de dialogue !!
Il y a aussi la couverture de Meroko et Takuto.
C'est vraiment le "Best Album de *Full moon*" !!

Si vous en avez l'occasion, écoutez-le. ♡

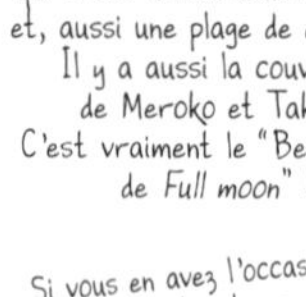

● FIN ●

VOUS VOULEZ BIEN VOUS POUSSER ?
CELA FAIT SEPT SECONDES QUE LE FEU EST VERT.
DES PERSONNES QUI NE SE SOUCIENT PAS DES AUTRES NE PEUVENT PAS AVOIR UNE VRAIE RELATION AMOUREUSE.
ROUGE
JE... JE SUIS DÉSOLÉE.
Qui est ce petit ?
20 SECONDES.
21 SECONDES.
TAP
22 SECONDES.
C'EST UNE ENTRAVE À LA RCULATION.

ELLE SERA LÀ.
LA FILLE DONT JE SUIS TRÈS AMOUREUX.
HEIN !? C'EST VRAI ?
Eh bien !
ELLE EST JOYEUSE.
ELLE A LA PÊCHE.
ET ON EST SOUVENT...
... ENSEMBLE...
HEIN ?
NON...
CE N'EST QUAND MÊME PAS...

MON...
... PETIT...
KU...
... SAME ♡
QUEL HASARD ! JE ME RENDS AUSSI À L'ACADÉMIE POUR LE SÉJOUR DE L'ÉCOLE ! ALLONS-Y ENSEMBLE !
TU ME FAIS PITIÉ.
AGH
Il est toujours fâché contre moi ?
PIC
J'AI HÂTE DE VOIR LE CONSEIL DES ÉLÈVES DU COLLÈGE !
EST-CE QUE TON AMOUREUSE SERA LÀ, KUSAME ?
PIC
TAC
IL EST MIGNON ! C'EST FACILE DE DEVINER CE QU'IL PENSE.
IL PARAÎT QUE TU ES TRÈS POPULAIRE AU COLLÈGE.
JE N'AURAI QU'À DEMANDER À UN DE TES CAMARADES.
...

C'EST DÉJÀ AMPLEMENT SUFFISANT.
C'EST SA PLATINE.
HAINE APPARTIENT À SHIZUMASA.
JE DOIS LA LUI RENDRE UN JOUR.

HAINE EST TOMBÉE AMOUREUSE DE MOI, QUI AI ÉCRIT LE LIVRE.
... C'EST SHIZUMASA QUI L'A SAUVÉE CETTE NUIT-LÀ.
MAIS...
JE NE PEUX PAS LUI DIRE LA VÉRITÉ.
ELLE N'A PAS BESOIN DE CONNAITRE MON EXISTENCE.
JE NE VEUX PAS LA FAIRE SOUFFRIR INUTILEMENT.
JE NE VEUX PLUS LA BLESSER.
HAINE.
HAINE.
ELLE A SU ME RETROUVER DANS LE LIVRE.
MÊME SI CE N'EST QU'UNE INFIME PARTIE DE MOI.

NE PRONONCE PAS CE NOM !!
NE LE PRONONCE PAS.
J'Y AI RENONCE DEPUIS LONG-TEMPS.
JE SUIS SHIZUMASA TÔGÛ.
JE VIS À LA PLACE DE SHIZU-MASA.
JE SUIS SON OMBRE.

MAIS C'EST DE VOUS QUE MADEMOISELLE HAINE EST AMOUREUSE !!
VOUS AVEZ VU QU'ELLE GARDAIT ENCORE PRÉCIEUSEMENT VOTRE LIVRE !!
C'EST UNE PERSONNE INESTIMABLE QUI A SU TROUVER QUI VOUS ÉTIEZ VRAIMENT !!
SI VOUS LUI PRENEZ LA MAIN...
... IL EST CERTAIN QUE MADEMOISELLE HAINE VOUS SOURIRA EN RETOUR !!
MONSIEUR TA...

ET MALGRÉ LES DERNIÈRES VOLONTÉS DE GRAND-PÈRE, SI JE LE DÉSIRE...
... JE PEUX ME RENDRE À L'ACADÉMIE EN TANT QU'EMPEREUR.
NE TE SURESTIME PAS.
D'ACCORD.
Bram
MONSIEUR SHIZUMASA SAIT-IL QU'IL S'AGIT DE MADEMOISELLE HAINE ?
NON. S'IL LE SAVAIT, IL NE ME LAISSERAIT PAS PARTIR.
TOUT ÇA N'EST QU'UNE QUESTION DE TEMPS.
Ha Ha ははっ
TOUT DÉPENDRA DU COMPLOT DE SENRI.

NE FAIS PAS CELUI QUI NE SAIT PAS !
UNE EMPLOYÉE DIT VOUS AVOIR VUS DISCUTER.
CE N'EST PAS TOUT À FAIT FAUX.
CE N'EST PAS TOUT À FAIT FAUX.
EST-CE LA VÉRITÉ, TÔYA ?
JE... JE NE SAIS PAS !
TAC
カタ
JE DOIS PARTIR.
JE M'ABSENTE CINQ JOURS. JE PARS DANS LE CADRE DE L'ÉCOLE.
TU ES MOI.
CELUI QUI A ÉCRIT LE LIVRE N'EST PAS TOI, MAIS SHIZUMASA.
TU SERAS DANS LA LUMIÈRE JUSQU'À LA FIN DU LYCÉE.

Chapitre 12 Séjour de préparation ☆ jus tropical d'été excitant au goût bouillon vert

Le teaser

Amour triangulaire ou rectangulaire !?

Ce chapitre sur le séjour de préparation a eu beaucoup de succès.

Il faut dire que le frère et la soeur Kamiya font leur apparition ! ♡ Waouh !

Mais c'était dur de colorier les cheveux en noir.

Je voulais que Tachibana soit un Kazuhito miniature. Voici le résultat.
J'aime tout chez Komaki. (Son prénom vient d'un lieu qui se trouve près de l'endroit où j'habite.)
J'ai surtout mis le paquet sur son uniforme !!

Beaucoup de gens pensent que c'est un personnage dans lequel j'ai mis tout ce que j'aimais.
Mais en la dessinant, elle est devenue différente de ce que j'avais imaginé au départ !!
Ce genre de choses m'arrive souvent.
J'aime quand les personnages évoluent d'eux-mêmes.

the Gentlemen's Alliance Cross
CHAPITRE 12 ×
SÉJOUR DE PRÉPARATION ☆ JUS TROPICAL D'ÉTÉ
EXCITANT AU GOÛT BOUILLON VERT

JE SUIS COMPLÈTEMENT AIGRI.
MAIS…
… CELUI QUI AIME MADEMOISELLE HAINE DE TOUT SON COEUR…
… C'EST VOUS.
C'EST VRAI.
Chapitre 11 × FIN

Btam
パタン…
TU AS ENTENDU, TÔYA ?
DEMANDE À SENRI UNE VOITURE.
Derrière le rideau, il a tout vu et tout entendu.
EUH… OUI ! TOUT… TOUT DE SUITE !!!
IL NE PRÊTE PAS ATTENTION À MAORA.
Pfft
CETTE FILLE…
… EST DROITE.
DEPUIS LE JOUR OÙ JE SUIS DEVENU LA DOUBLURE DE SHIZUMASA…
… ON A EFFACÉ MON NOM.
ON M'A MÊME DIT D'OUBLIER QUE J'AVAIS ÉCRIT CE LIVRE.
JE HAÏSSAIS SHIZUMASA QUI M'AVAIT VOLÉ TOUT CE QUE J'AVAIS.
C'EST POUR ÇA QUE J'AI VOULU ABÎMER CE QU'IL AVAIT DE PLUS PRÉCIEUX. J'AI ÉTÉ MINABLE.

TU N'ÉTAIS PAS AMOUREUSE DE MAGURI ?
OUI ! JE SUIS PLUTÔT CURIEUSE EN CE MOMENT.
...
TU ES VRAIMENT AU COURANT DE TOUT.
QUAND JE SUIS AVEC HAINE...
... JE ME DIS QUE CE NE SERAIT PAS SI MAL DE REDEVENIR UN GARÇON.
TE VOILÀ PRÉVENU.

JE SUIS VENUE CHERCHER HAINÉ. JE CROIS QU'ON VA AVOIR BESOIN D'UNE VOITURE.
Hmm
VOUS ÊTES-VOUS RÉCONCILIÉS ?
MAORA !? D'OÙ SORS-TU !?
Depuis quand es-tu là !?
OUI.
MAIS COMMENT ES-TU AU COURANT ?
SHIZUMASA.
SI TU ES TROP MÉCHANT AVEC HAINÉ, UN AUTRE HOMME VA TE LA PIQUER.
ET MOI, JE NE LUI PRENDRAI PAS QUE SA CRAVATE.

TU VEUX BIEN ?
HAINE...
EN VÉRITÉ...
... JE...
TU N'AURAIS PAS DE LA FIÈVRE !?
38,4°
OUI ! ÇA FAIT PLUSIEURS JOURS...
AUJOURD'HUI, C'EST PIRE.
RAAAH
ÇA...
... M'ARRIVE QUAND JE RÉFLÉCHIS TROP...
... À DES CHOSES COMPLIQUÉES.
CHOC
ELLE A DE LA FIÈVRE QUAND ELLE RÉFLÉCHIT TROP !?
JE ME DISAIS AUSSI.

J'AIME TON NOBLE PROFIL...
... ET TA BONTE PAISIBLE, SHIZUMASA.
CET AMOUR POURRAIT DISPARAITRE, SI JE LE LÂCHAIS...
... C'EST POUR ÇA...
... QUE JE VEUX TE REGARDER EN FACE.

PARDONNE-MOI.
JE NE T'AI DIT...
... QUE DES MÉCHANCETÉS.
ET MERCI.
SHIZU-MASA...

JE...
... T'AIME...
HAINE.
... DEPUIS SI LONG-TEMPS.
ET PLUS JE TE CONNAIS, PLUS JE T'AIME...
HAINE.
C'EST LA VERITE !

JE T'AIME...
... SHIZUMASA.

Si JAMAiS iL EST LÀ…
… C'EST LA PREUVE QUE C'EST BiEN CELUi DONT JE SUiS TOMBÉE AMOUREUSE.
JE L'AiME-RAiS…
iL EST BiEN L'AUTEUR DE CE LiVRE.
… À NOU-VEAU.

UN PARI ?
SI SHIZUMASA EST VRAIMENT DANS LE JARDIN SUSPENDU...
... J'IRAI VERS LUI SANS HÉSITER.
MÊME S'IL A L'AIR D'AVOIR CHANGÉ...
... MÊME S'IL ME REJETTE, J'IRAI VERS LUI.
SI...
CAR JE POURRAI ME DIRE QUE SON COEUR...
... EST PAREIL À SON LIVRE.
JE ME SUIS JURÉ...
... D'ALLER VERS LUI.

MAIS...
... TU AS FINI PAR ME RETROUVER.
LE FACTEUR M'A DONNÉ UN INDICE.
IL M'A DIT : "L'EMPEREUR EST DANS LA FORÊT DE WALTZ HAAGEN."
J'AI TOUT DE SUITE SU QU'IL S'AGISSAIT DU JARDIN SUSPENDU.
SI TU ÉTAIS LÀ...
... JE ME SUIS DEMANDÉ SI TU Y ÉTAIS ALLÉ DE TON PLEIN GRÉ.
J'AI FAIT UN PARI AVEC MOI-MÊME.

ET UN BEAU JOUR, MAORA M'A DIT QUE L'EMPEREUR AVAIT ÉTÉ KIDNAPPÉ.
ELLE M'A DEMANDÉ DE LE CHERCHER.
QUE DOIS-JE FAIRE ?
COM-MENT FAIRE ?
SI JE LE RETROUVE, JE ME RAPPROCHERAI DE LUI.
SI JE REVOIS SHIZUMASA ET QU'IL A RÉELLEMENT CHANGÉ...
... QUE DEVRAI-JE FAIRE ?

J'ALLAIS PEUT-ÊTRE...
... ENCORE ÊTRE REJETÉE.
ME FAIRE REJETER COMME PAR MON PÈRE.
PLUSIEURS FOIS, JE ME SUIS DIT QU'IL VALAIT MIEUX ABANDONNER.
MAIS TOUT COMME CE VIEUX LIVRE QUE JE N'ARRIVE PAS À JETER...
... JE NE PARVIENS PAS À RENONCER À MES SENTIMENTS.
JE NE FAISAIS QUE T'ADMIRER DE LOIN.
"USHIO ! SHIZUMASA EST NOMMÉ EMPEREUR !"
"JE NE FAIS QUE L'ADMIRER !"
"JE L'AI VU ! JE L'AI APERÇU !"

TU M'AS FAIT PENSER À MON PÈRE.
J'AI EU PEUR.

EN TE REVOYANT CE SOIR-LÀ, SHIZUMASA...
... J'AI CESSÉ D'ÊTRE UNE DÉLIN-QUANTE.
JE SUIS ENTRÉE À L'ACADÉMIE IMPÉRIALE POUR TE REJOINDRE.
J'ÉTAIS SI CONTENTE DE TE RETROUVER.
MAIS ON AURAIT DIT QUE TU ÉTAIS DEVENU QUELQU'UN D'AUTRE.
EN FAIT...
... TU M'AS FAIT PENSER...

JE NE VEUX PAS ENTENDRE CETTE HISTOIRE !
ドサ
BOUM VLAN
ドサッ
C'EST LE LIVRE QUE J'AI ÉCRIT...
AH...
AH !
はっ
C'EST LE POINT DE DÉPART...
... DE MON AMOUR.

AH...
...
JE SUIS VENUE TE FAIRE UNE DÉCLARATION.
UNE DÉCLARATION ?
TU AS DIT QUE TU NE T'EN SOUVENAIS PAS, SHIZUMASA.
MAIS POUR MOI, LE SOUVENIR DE CETTE NUIT-LÀ EST COMME UN TRÉSOR.

SHIZUMASA !!
POURQUOI ES-TU ICI !?
TAC
On est chez moi.
HEIN ?
JE ME SUIS ÉVANOUIE ?
QUOI ?
J'AI VU LE PROFESSEUR SENRI.
JE DISCUTAIS AVEC LUI ET...
Euh...
Euh
CRR
QU'ES-TU VENU FAIRE ?

Petit 3
Full moon, à la recherche de la pleine lune, live final
Je suis allée chez Emi Tôshiba.
DOOM
Dans le studio
Arina
Toute seule
Il y a les directeurs et les autres.
C'EST GRAND !
CE STUDIO PEUT CONTENIR UN ORCHESTRE.
M. Okamoto
WAAAAAAOUH
J'étais surprise car je pensais que c'était plus petit.
À suivre.

ALORS, JE NE DOIS PAS M'ÉLOIGNER.
JE NE DOIS PAS LE LÂCHER.
JE DOIS...

Full moon, à la recherche de la pleine lune, live final

Petit 2

✿ Je demande d'abord à mes assistantes de m'écouter.

* ASSISTANTES GAGAS : TELS DES PARENTS GAGAS QUI NE VOIENT PAS LES DÉFAUTS DE LEURS ENFANTS, LES ASSISTANTES GAGAS NE VOIENT PAS CEUX DE LEUR AUTEUR.

Désolée, les filles.

À suivre.

CHAQUE CHOSE QUE J'APPRENDS EST PRÉCIEUSE.
C'EST VRAIMENT TRÈS EMBARRASSANT.
HEIN ?
POC
BTAM
TU ES BEAUCOUP TROP RÉSERVÉE.

LAISSEZ-MOI LE VOIR !
C'EST IMPORTANT !
QUELQUE CHOSE DANS MON CŒUR...
... ME POUSSE AVEC UNE GRANDE FORCE.

... PEUT-ÊTRE QUE SI.
MAIS...
PEUT-ÊTRE QUE...
... JE NE POURRAI RIEN FAIRE POUR LUI.
LA SEULE CHOSE...
... DONT JE SUIS SÛRE...
SI JAMAIS JE RENONCE MAINTENANT...
... IL AURA UNE RAISON DE PLUS...
... DE NE PAS FAIRE CONFIANCE AUX AUTRES.

TU NE PEUX PAS LE CHANGER.
RENTRE GENTIMENT CHEZ TOI.
TON RÔLE EST D'ÊTRE À SES CÔTÉS...
... QUAND TU ES À L'ACADÉMIE.

L'arme ultime de Kiriaki
Il est de mauvaise humeur car on l'a dérangé dans sa sieste.
...
MPF MPF
んぐっ んぐっ
TU ES VRAIMENT IMPOSSIBLE.
TCHAC
ジャッ
AAH
ああっ
Le rideau !!
DÉÇUE
がっかり
LAISSEZ-MOI VOIR...
... SHIZUMASA.
NON.
JE NE VEUX PAS QUE TU LE VOIES.
LE VOIR NE TE FERA QUE SOUFFRIR.

SHIZU-MASA !!
QUELQU'UN M'A APPELÉ ?
NON.
JE N'AI RIEN ENTENDU.
AH BON...
Ouf
L'ARME ULTIME EST ARRIVÉE À TEMPS.

MAORA VA JOUER AVEC OKORIMAKURI EN T'ATTENDANT. PRENDS TON TEMPS.
TAP ちら
AAAH !
TAP TAP ばばっ
Par ici !!
HMM...
Elle dit ça, mais...
IL Y A AUSSI PLEIN DE GARDIENS À L'INTE-RIEUR...
Comment faire ?
Qui est cette fille ? Que dois-je faire ?
SHIZUMASA !!

Hiii !!
Ma culotte...
On va voir ma culotte !!
Dépêche-toi !
Escalade la grille !
Hop
Euh... d'accord.
Merci.
Je suis étonnée.
Quelle force !
Maora est bien...
... un garçon.
La jeune fille a escaladé la grille !
Que faisons-nous ?
Argh
Demandons l'intervention de l'arme ultime.
Quand je me dis ça, c'est encore plus gênant.

J'AI PRIS MON COURAGE À DEUX MAINS POUR VENIR ICI, MAIS JE ME SUIS FAIT JETER.
ÇA ME PARAIT SI LOIN.
J'ignorais qu'il y avait une telle distance.
JE SENS QUE JE VAIS PLEURER.
しょぼ…
SNIF
TAP
JE SUIS VENUE À TON SECOURS.
MAORA !!
L'EMPEREUR EST MALADE !? C'EST FAUX !
TOUT À L'HEURE, JE LUI AI DEMANDÉ PAR E-MAIL S'IL VENAIT AU VOYAGE D'ÉTUDES LA SEMAINE PROCHAINE. IL A RÉPONDU : "SANS PROBLÈME !!"
Ah... Tant mieux.
MAIS COMMENT VEUX-TU ENTRER ?
BOBOM
"UTILISER" ?
On va utiliser Okorimakuri ?
Comment !?
NON... NON...
ON VA FAIRE COMME ÇA !
TAC

Chapitre 11
La force qui m'est laissée est celle de te voir

Attention :
je dévoile l'histoire du chapitre.

Le teaser

Je vais te parler de mes sentiments,
de ton livre, de mon père...
et de toi.

J'aime le titre et le teaser du chapitre 11.
Ce dernier est paru en tête du magazine dans lequel la série est publiée et les premières pages étaient en couleur. Il y a plus de pression quand c'est en tête de magazine !
Ça me donne envie de faire quelque chose d'inédit.

♡ Cette fois,
on parle de déclaration
et du chapitre 1.

J'aime les personnages qui gravitent autour de la famille Tôgû.
Senri est à leur service depuis qu'il a seize ans.

Kiriaki n'apprécie pas Senri, qui fait n'importe quoi mais qui réussit tout.
Il le trouve très doué. Mais, lui, personnellement, il préfère utiliser des méthodes plus sérieuses !
C'est dur pour Kiriaki de regarder Senri agir.

J'ai dessiné Maora sans réfléchir à sa personnalité. Je commence à cerner un peu son personnage...
Où cela va-t-il nous mener ?

the Gentlemen's Alliance Cross
CHAPITRE 11 × LA FORCE QUI M'EST LAISSÉE EST CELLE DE TE VOIR

ピンポーン
DING DONG
EUH...
JE SUIS HAINE OTOMIYA.
OUI ?
MONSIEUR SHIZUMASA EST-IL LÀ ?
COMMENT !?
HAINE OTOMIYA EST VENUE VOIR MONSIEUR SHIZUMASA !?
ELLE VEUT LE VOIR...
...
DUQUEL S'AGIT-IL ?
Du vrai ou du faux ?

JE DOIS...
... ABSOLUMENT...
... LE VOIR, MAINTENANT !!
Chapitre 10 × FIN

MIIN
MIIN
MIIN
CLANG
カラン
L'ADRESSE DE L'EMPEREUR ?
ELLE FIGURE DANS L'ANNUAIRE DES ÉLÈVES.
VZII
JE SUIS À L'ACADÉMIE. JE NE L'AI PAS SOUS LA MAIN !
POURQUOI EN AS-TU BESOIN ?
POUR ALLER...
... CHEZ LUI, BIEN SÛR !!

"EST-CE PARCE QUE JE RESSEMBLE À TON PÈRE...
... QUE TU ES TOMBÉE AMOUREUSE DE MOI ?"
"TU AS PEUT-ÊTRE ENVIE QUE JE T'AIME...
... À LA PLACE DE TON PÈRE, QUE TU DÉTESTES !?"
"C'EST PEUT-ÊTRE TOI...
... QUI ME REGARDES LE PLUS PARCE QUE JE SUIS EMPEREUR !?"

EST-CE VRAIMENT SHIZUMASA !?
J'AI UN PEU CHANGÉ PHYSIQUEMENT. CE N'EST PAS ÉTONNANT QU'IL NE ME RECONNAISSE PAS.
MAIS LUI...
... IL RESSEMBLAIT À...
BOBOM

TÔ... TÔGÛ !
CETTE FILLE VOUDRAIT TE...
CE N'EST PLUS LA PEINE !!
CE...
... N'EST PLUS LA PEINE.

すっ
SS
AH !
PARDON.

HEIN ?
ぽっ
ROUGE
OH...
CE JOLI GARÇON...
OH ! IL A LES CHEVEUX BLONDS !!
JE... JE VOULAIS SAVOIR SI SHIZUMASA TÔGÛ ÉTAIT LÀ !!
LE JOLI GARÇON !?
IL N'EST PAS LÀ, POUR LE MOMENT.
TIENS ! LE VOILÀ.
ドキ
BOBO
A...
ALLEZ, HAINE !! MONTRE-LUI TA MÉTAMORPHOSE !!
うおーっ
OUAIIIS
SOURIS !!
C'est ça !!
FAIS-LUI UN GRAND SOURIRE !

JE SUIS SÛRE QU'ON POURRA SE REVOIR...
... À L'ACADÉMIE IMPÉRIALE !!
SECONDE
PIN
C'EST LA CLASSE DE SHIZUMASA.
ARGH ! LE GRAND JOUR ARRIVE ET JE SUIS TRÈS TENDUE.
Panique
Panique
HM ? TU CHERCHES QUELQUE CHOSE ?
Panique

SHIZUMASA.
JE VAIS ESSAYER.
TOUT EN RESTANT MOI-MÊME...
... JE VAIS ESSAYER...
... DE DÉPASSER MES LIMITES.
ATTENDS-MOI.
JE VEUX PARTAGER DU TEMPS AVEC TOI.
JE VAIS TE RATTRAPER.
JE VEUX MARCHER À TES CÔTÉS.

SALUT, USHIO.
ON NE SE VERRA PLUS PENDANT UN MOMENT.
DÉSOLÉE DE PARTIR SANS RIEN TE DIRE, USHIO.
J'AI DÉCIDÉ QUE J'ALLAIS FAIRE DE MON MIEUX.
ET JE PRÉFÈRE L'AUBE POUR UN NOUVEAU DÉPART.
OH ! C'EST MAGNIFIQUE !

La foire ?
TU AS QUITTÉ TA BANDE DE DÉLINQUANTES ?
OUI ! MAIS J'Y AI LAISSÉ DES DENTS.
Deux !
Va te laver.
USHIO...
TU SAIS...
... J'AI DÉCIDÉ D'ENTRER À L'ACADÉMIE IMPÉRIALE !
C'EST IMPOSSIBLE...
... pour toi.
JE VEUX RÉUSSIR.
Impossible.
Mais non !!
チュン Cui
Cui チュン
Cui チュン
Cui チチ...

TOC TOC
USHIO !
USHIO !
HAINE !
!?
HE HE !
JE SUIS CONTENTE QUE TU SOIS RÉVEILLÉE.
♡ JE PEUX DORMIR CHEZ TOI ?
IL T'EST ARRIVÉ QUELQUE CHOSE ?
Prends une serviette.
Tu as des bleus. Tu n'es plus blonde.
OUI !! IL M'EST ARRIVÉ PLEIN DE CHOSES !!
J'AI VOULU QUITTER MA BANDE, ET ELLES M'ONT ROUÉE DE COUPS !!
C'ÉTAIT LA FOIRE !

UNE PROMESSE...
UN RÊVE MIRACULEUX...
CECI N'EST PAS UN RÊVE, MAIS UNE PROMESSE.
SI JE NE FAIS PAS D'EFFORTS, CETTE "PROMESSE" NE SE RÉALISERA PAS.
MAIS SI J'Y TRAVAILLE, ELLE SE RÉALISERA.
D'ACCORD...
SI JE FAIS DES EFFORTS, LA "PROMESSE" SE RÉALISERA.

JE TOMBERAI AMOUREUX DE TOI.
JE TE LE PROMETS.

SI TU RESTES RAYONNANTE ET FIDÈLE À TOI-MÊME...
... JE TE RETROUVERAI ENCORE UNE FOIS.
ET À CE MOMENT-LÀ, SI TU ES TOUJOURS AMOUREUSE DE MOI...
... JE TE SERRERAI DE NOUVEAU DANS MES BRAS.

ALORS, NE T'INQUIÈTE PAS.
SI TU N'ARRIVES PAS À TROUVER LE SOMMEIL LA NUIT...
... NE RESTE PAS À PLEURER TOUTE SEULE.
VIS TA VIE COMME TU L'ENTENDS.

JE LES AI CHÉRIES PRÉCIEUSEMENT.
AUJOURD'HUI ENCORE, TU ES COMME UN ANGE.
ET QUAND JE PENSE À TOI...
... CELA ME REND PUR AUSSI.

MAIS JE SUIS ENCORE JEUNE.
IL M'ARRIVE DE DOUTER...
... DE VOULOIR M'ENFUIR...
DANS CES MOMENTS-LÀ...
... JE REPENSE TOUJOURS À TES PAROLES.
JE ME DIS QUE CELUI DONT TU ES TOMBÉE AMOUREUSE EST SÛREMENT PLUS FORT QUE ÇA.
SUIS-JE UN FARDEAU POUR TOI, SHIZUMASA ?
NON. TU ES MON GUIDE.
QUAND ÇA N'ALLAIT PAS...
... CE SONT TES PAROLES QUI M'ONT SOUTENU.

JE NE SUIS PAS AUSSI PARFAIT QUE TU L'IMAGINES.
IL M'ARRIVE D'EN AVOIR ASSEZ DE CES ADULTES...
... QUI S'INTÉRESSENT À MOI JUSTE PARCE QUE JE SUIS L'HÉRITIER DES TÔGÛ.
TES SENTIMENTS ÉTAIENT PURS...
... ET SINCÈRES.
ILS ÉTAIENT VRAIS ET BEAUX.
AU DÉBUT, J'ÉTAIS MAL À L'AISE.
CAR JE NE SUIS PAS AUSSI BON QUE TU LE CROIS.
MAIS... IL SUFFIT DE LIRE TON LIVRE POUR SAVOIR QUE TU ES GENTIL !!
JE NE SUIS PAS GENTIL.
SI JE L'ÉTAIS, JE NE POURRAIS PAS ÊTRE LE CHEF DES TÔGÛ.

JE NE TE TROUVE PAS SOUiLLÉE.
C'EST PLUTÔT L'iNVERSE.
TU ES PURE...
... ET RÉSOLUE.
QUAND TU M'AS FAiT TA DÉCLARATION D'AMOUR À LA FÊTE...
... ÇA M'A BEAUCOUP MARQUÉ.
AU MiLiEU DE TOUS CES HYPOCRITES QUi SOURiENT PAR CONVENANCE...
... TES PAROLES ÉTAiENT SiNCÈRES.
HEiN ?
えっ
C'EST VRAi !?

HEIN ?
N'AIE PAS PEUR.
MOI, JE N'AI PAS PEUR.

JE...
TU ES RESTÉ FIDÈLE À CELUI QUE J'ADMIRAIS.
TU ES MÊME DEVENU ENCORE PLUS REMARQUABLE ! ALORS QUE MOI, JE SUIS TOMBÉE BIEN BAS. JE SUIS SOUILLÉE.
JE ME SENS SI MINABLE !!
TU DÉGAGES TELLEMENT DE PUISSANCE QUE C'EN EST DOULOUREUX.
JE NE VOULAIS PAS QU'ON ME VOIE ME DÉFOULER.
SURTOUT PAS TOI !
JE NE VOULAIS PAS QUE TU ME TROUVES !!

FROTTE
TAC
...!
LÂCHE-MOI, SHIZUMASA !
JE VAIS RENTRER CHEZ MOI !!
POURQUOI ?
JE TE RACCOMPAGNERAI DEMAIN MATIN.

POURQUOI SHIZUMASA M'A-T-IL FAIT VENIR ICI ?
JE NE SUIS PLUS LA FILLE DES KAMIYA.
ON N'EST PLUS DANS LE MÊME MONDE.
J'EN AI...
... BIEN CONSCIENCE.

Full moon, à la recherche de la pleine lune, live final

✿ Dans le CD, *Full moon, à la recherche de la pleine lune, live final* (TOCT-25818) en vente actuellement à 2300 yens*, je chante dans le bonus ! Incroyable ! ////

✿ Cela a commencé il y a quelques mois, je jouais avec Myco. On a commencé à discuter du CD et à essayer de trouver un moyen de faire parler lui. Et ça m'a échappé et j'ai proposé de moi-même : "Et si je chantais une chanson ?" ////

✿ C'est vrai que j'ai toujours eu envie d'essayer. Mais la raison principale est que je ne voulais pas mobiliser trop de personnes autour de ce projet. Alors, je n'avais pas d'autre choix que de me vendre moi-même... Snif

✿ j'ai demandé de faire cette chanson tranquillement. (Ils ont peut-être fait l'erreur d'accepter ce projet !) Et je me suis retrouvée à chanter SMiLE, ☆ une chanson que j'adoooore. ↑ Chanson célèbre

✿ Sur la 2e face d'Eternal Snow, j'ai écouté la version originale de Myco...

C'est dur... |||||

Que vais-je devenir ? Et le CD ?

À suivre.

* 2300 YENS = ENVIRON 18 EUROS.

SHIZUMASA M'A-T-IL EMMENÉE ICI DANS LE BUT DE...
NON !?
ON JOUE AUX CARTES ?
Je vais demander à la bonne de nous apporter des fruits.
C'EST SÛR ! ÇA N'ALLAIT PAS ARRIVER !
POURQUOI TU M'AS FAIT VENIR ICI, SHIZUMASA ?
TCHAC TCHAC
AH
ON JOUE À QUEL JEU ?
TCHAC TCHAC
TCHAC
TCHAC TCHAC TCHAC
FLAAAP
Tac Tac
HMM
...
HMM
HMM
LE PAQUET DE MERDE !
À DEUX ?
ALORS, JE DISTRIBUE TOUTES LES CARTES.

キイ
CRR
WAOUH !!!
UNE SERRE !!
OUI.
C'EST LA FORÊT DE WALTZ HAAGEN.
C'est mon grand-père qui me l'a offerte.
OUI...
CE GARÇON EST BIEN SHIZUMASA.
J'AI L'IMPRESSION D'ÊTRE DANS UN RÊVE.
IL Y A UN LIT ?
C'EST UN GRAND LIT À BALDAQUIN.
JE VOULAIS POUVOIR DORMIR DANS LA SERRE.

OH !
TU ES RAVISSANTE !!
C'est court.
AVEC TES CHEVEUX BLONDS...
... TU AS L'AIR D'UN ANGE...
C'EST PAR ICI, HAINE.
VIENS.

Salutations

✿ Bonjour !
C'est Arina Tanemura.
Voici le volume 3
de The Gentlemen's
Alliance Cross.
Je suis contente
car j'aime bien le sujet
principal du volume :
le séjour de préparation
de la fête de l'école.
✿ Allons-y gaiement !!

Je suis désolée.
Merci de patienter
encore un peu
avant la suite
des présentations
des personnages.
Je n'ai pas envie de
les bâcler.

✿
Ushio est en couverture
de ce volume.
Elle apparaît peu
mais elle a beaucoup
de succès. ☆

Je demande
aux fans d'Ushio
de patienter
encore un peu
pour la voir
davantage.

Chapitre 10
L'étude au petit jour

Attention : je dévoile l'histoire du chapitre.

Le teaser

Ils portent l'uniforme d'hiver.
Comment les trouvez-vous ?

Fine et Moé.

Je suis désolée

J'adore les histoires du passé.
Avant même que la série ne commence, j'avais en tête ce passage de façon assez concrète.
Alors, je suis contente de le coucher sur papier !
Je rêverais d'avoir un lit dans une serre.
(Il y aurait aussi un petit cours d'eau.)
Il n'y avait pas de visuel de référence pour dessiner cela puisque c'est dans mon imaginaire.
Je remercie mes assistantes qui ont dessiné les décors à partir de mon brouillon.
Je pense que l'admiration de Shizumasa pour Hainé
est plus grande que l'amour que cette dernière lui porte.
Il n'arrive peut-être pas à vivre en étant lui-même...
Pour moi, il ressemble beaucoup au personnage de Maora. Sa vie a l'air de l'ennuyer.
C'est peut-être parce que Hainé a un caractère opposé au sien qu'elle l'intrigue.
Hainé va dire au revoir à Ushio pendant un moment.
C'est à partir de ce jour-là que cette dernière change.
Cela donne envie d'aller regarder dans son cœur.
Soyez patients...

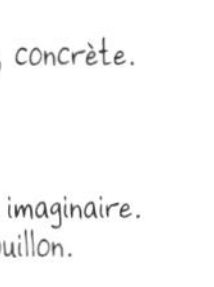

Coup de patte du chat

MIYA
YA
MIZUMIYA
OTOMIYA
AIMIYA
TAC カタ
CE SOIR-LÀ, SHIZUMASA M'A DIT...
... "VIS TA VIE COMME TU L'ENTENDS."
MOI, QUI ÉTAIS AFFAIBLIE...
... J'AVAIS L'IMPRES-SION...
... DE VIVRE UN RÊVE MIRACULEUX.

Présentation des personnages principaux

USHIO AMAMIYA

Secrétaire
Amie de Hainé. Elle est belle.

HAINÉ OTOMIYA

Garde du corps de l'Empereur et chargée des affaires courantes
Une jeune fille dynamique, amoureuse de Shizumasa. C'est une ancienne délinquante. Elle devient la fille adoptive des Otomiya en CM1.

SHIZUMASA TÔGÛ

Président du conseil des élèves
Il est le plus riche de l'Académie et on l'appelle l'"Empereur".

MAORA

Chargée de projets et trésorière
Amie d'enfance de Maguri.

MAGURI TSUJIMIYA

Vice-président
Il est amoureux de l'Empereur.

the Gentlemen's Alliance Cross

Hainé Otomiya est une ancienne délinquante, pleine de vie, qui fréquente la célèbre Académie impériale. Elle est amoureuse de Shizumasa Tôgû, surnommé l'Empereur, l'élève le plus riche et le plus puissant de l'Académie. L'Académie impériale est une prestigieuse institution. Les élèves sont séparés selon leur fortune en trois catégories : bronze, argent et or. Hainé appartient au groupe "Bronze" car elle est la fille adoptive des Otomiya, dont l'entreprise est au bord de la faillite. Lors de "l'affaire de l'enlèvement de l'Empereur", on propose exceptionnellement à Hainé d'intégrer le conseil des élèves. Pour éloigner les filles de Shizumasa, elle doit faire semblant d'être sa petite amie. On lui octroie le statut spécial de "Platine" !! La distance entre Shizumasa et Hainé semble se réduire un peu. Mais un jour, Shizumasa demande à Hainé de le rejoindre dans sa chambre privée. Elle l'y trouve en compagnie d'Ushio dans une ambiance intime. Hainé sait que Shizumasa a organisé cette mise en scène. Elle comprend alors qu'il ne s'aime pas et qu'il n'aime pas non plus ceux qui viennent tourner autour de lui. Shizumasa referme son cœur. En réalité, sa situation est compliquée. C'est pourquoi il maintient Hainé à distance. Mais Hainé se souvient du seul moment où elle s'est sentie proche de lui...

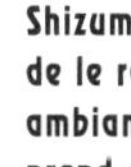

Résumé du volume 2

the Gentlemen's Alliance Cross
CHAPITRE 10 × L'ÉTUDE AU PETIT JOUR

the Gentlemen's Alliance Cross 3

種村有菜 ARINA TANEMURA